ديوان

يا حب

د. جُمان الريحاني

إهداء..

إهداء إلى الحب

إلى من يقدر المشاعر الصادقة

إلى من يهتم

إلى من يعتني بالمشاعر

إلى من يحتضنها

إليك أنت

جمان الريحاني

قمري..

يا حب يا قمري

يا سهري ويا قدري

أناجيك في جوف الليل وأناديك

أناديك

وأناديك

يا سبب جروحي

ويا بلسمي الشافي

روحي مجروحة

وفؤادي انفطر من بُعدك

هل تعلم يا حبيبي

أنني لا يهنأ لي ليل إلا بالسهر معك وعلى صوتك

وأضعك إثمدا في عيوني في بداية السهرة

لكي يطيب لي السهر يا قمري

هل تدري أن قمر السماء أحيانا يغار منا؟

يغار من انشغالي بالتمعن في عيونك الوسيعة

بدل النظر باتجاه القمر

والتغزل بنوره المضيء

نور القمر يجعلني أكثر جمالا

لأن القمر يلوح عليا بستار الحب المتلألئ

وكأنك في كل نجوم الليل

التي ألبسها ثوب عزة وحب وسهر

السهر..

يا حب .. حبيبي يا حب ..

هل تحب القمر والسهر على ضوء نار الجمر؟

هل جرّبت السهر على نار الجوى مثلي؟

ليال طوال

وسهر متواصل

وشوق مشتعل

وقلب منفعل

رسالة منك

يا **حب** أنا أنتظرك على جسر الشوق والوله

يا **حب** مرت الأيام وأنا أنتظر وأنتظر

لقد مررت على صناديق البريد ولازالت خالية

رسائلك لم تعد تصل

وأنا أتساءل ما الذي حدث؟

البريد الوارد لا حياة فيه

ما الذي يشغلك فعلا

ولا تحدثني عن العمل

والأعمال الاعتيادية

والروتين اليومي

بل أريد أن أعرف الظروف الأخرى

التي لا تخبرها للناس

أريد أن أعرف ما يشغل بالك وتفكيرك

أريد أن أعرف

هل أنت دائم التفكير حائر ومحتار؟

أم أنك مرتاح ولا يوجد ما يشغلك

يا حب

أنت تعرف أنني أحس بكل كلمة

وصورة

لا تحاول أن توصل لي مفاهيم ليست صحيحة

لأنني سوف افهم الحقيقة من نظرة عينيك

عيونك حبيبي

هي رسولي ومرسولي

وحبيبتي عيونك الوسيعة

إنها لا تخبئ عني شيئا

ويا صميم قلبي وصمام أمانه

يا حب لماذا لم تعد تصلني رسائل منك؟

هل أنت دوما هكذا

تحب حروفك

وتغليها

ولا تطلق سراحها إلا في مناسبات

ومواعيد رسمية ..

أم ماذا ؟
يا حب
هل تعلم أنها رسالة واحدة
هي كل ما يهمني

واستطيع الانتظار دهرا بعدها؟

نعم رسالة واحدة

وأنت تعلم ذلك جيدا

ولكن

هل هي الدنيا تشغلك لهذه الدرجة ؟

يا حب

حبيبي

يا **حب** لو كنت أنت جنة أرض فأنا تائهة فيك

وإن كنت سمو سماء فأنا متعطشة لك

وإن كنت مرضا

فمرض جميل أنا مصابة بك

وإن كنت موتا أنا متلهفة لك

وحياة أنا أعيش فيك

وبحر أنا غارقة فيك

وحب أنا أنبض بك ..

ودواء أمد يدي إليك

ومطر أرقص تحته بحب وفرح وأذيب نار الشوق بك

وثلج أتدحرج عليه أتلحفه وأغطيني به

وعشب أنتعش به

وغدير لا أرتوى منه أبدا

وإن كنت ماء يا **حب** يا زمزم ماء

فأنت ماء يعيد الحياة لعابرة سبيل ظمآنة واقفة ببابك

واقفة بباب قلبك يا **حب** أنا

انشغالي..

يا حب ..

أرأيت يا حب ما يشغلني

ليس البشر

بل عصفورات الغرام على نافذتك

تلك العصفورات التي تختلس النظر إليك داخل غرفتك

من خلال الزجاج أو الستائر

وفراشات الحب في حديقتك

الفراشات الفضوليات التي تحاول أن تحط على يدك

أو على كتفك

ونجمات السماء التي ترمقك بنظرات لمّاعة

وجنيات القمر..

اللاتي يحاولن النزول إلى الأرض لأجلك

والسماء

التي تلوح عليك بسحب شعرها المجعد المجنون

والأرض

التي تفرش لك أثوابها في كل فصل

من فصول اللقاء والوله

والشمس

التي تحتضنك بأشعتها الدافئة والحارة أحيانا

والتي تحرقني بنار الغيرة منها

شمس لا تستحي مني

يا ويلها وويلي

هل سنتهي؟

حبيبي

أتساءل أحيانا يا حبيب هذا القلب

هل سينتهي هذا العذاب يوما؟

وأقصد بالعذاب

البعد والهجر والجفاء والوحدة

أنا لا أقصد الحب طبعا

بل صعوبة التنفس في البعد عنك

يا نفسي والهواء

يا عشقى والهوى

حبك يا حب

يا حب

حبك هو جنة النعيم

وليس عذابا في نظري

هل سينتهي العذاب يوما؟

فالحب لن ينتهي أبدا .. لا .. لا ينتهي

أنا أظن أن حبي لك لن ينتهي حتى بالموت

فالموت هو حكم للجسد الذي سيوارى الثرى

الجسد المنهك

الذي سوف تستقبله الأرض الحنون

بأذرع مفتوحة

دون تأخر

أو رفض له حين تحين ساعته

وساعة اللقاء بين الأرض وجسدي

أما حبك فلن ينتهي

صحيح أن الحب يسكن القلب

ولكن الحب متعلق بالروح أكثر

حبك يسكن روحي

والقلب حين يتوقف

فإن ما يتوقف هي نبضاته

التي كانت تنبض لك

والقلب هو في جسد

طلبته الأرض

ولكن تلك النبضات لك

قد بُثِّت يوم نفخت الروح

روح لك بثت نبضات لك في قلب لك في جسد لي

أراك يا حب

مالك الروح

وحبيب هذا القلب

وسلطان غرامي

كل ما أملكه من نفسي هو جسد ..

رغم أنك تسكن حناياه

وتملأ عيونه

وتسبح بحور الشعر

وبين خصلات شعري الذي يتمايل طربا لخمر صوتك

وتتغلغل في خلاياه

أراك خيط الروح على جبيني

وتاجا على رأسي

ورودا في ضفائري

وقلادة في عنقي

وحنة على يديا

وخلخالا في رجلي

أراك عطرا على نحري

وبسمة على ثغري

أراك حزاما على خصري

يتحكم في تنفسي

ويحدد مقدار الهواء الذي أستنشقه

كلما غادرت البيت خارجا

أراك شالا على شعري وعباءة حب وعزة

أراك نظارة تحجب عني رؤية غيرك

أراك ليلا ونهارا سماء وبحرا

أراك تحيطني

تحيط بي

وتلتف بي

أراك تمتلكني

رغم أنني قدمت لك القلب والروح

ولم يبق لي إلا جسدي

يا حب ..

أراك شاطئ نجاة

لجسد غارق فيك

فأنت البحر والشاطئ

أراك ملاذا لروح معذبة فيك

فأنت عذاب الروح وجنّتها

22

أراك مطر وغيث وعطش ولهفة

يا حب ..

أراك في صحراء الوجد الواسعة

وشمسها الساطعة

وأراك في بساتين العشق وثمار الحب

أراك في أرض البشر

وامتحاناتها واختباراتها الصعبة

وأراك في جنات النعيم والخلود

أراك في لهفة اللقاء

وشوق الحضن الدافئ

ودموع الفرح

أراك في دموعي على مخدتي كل مساء

أراك في الكعبة وغطائها والكساء

أراك لحافا من شوق ونسمات عشق ترمي ذلك اللحاف

أراك يا **حب** في كل الدنيا

أراك في التناقضات

أراك سكر زيادة

واراك قهوة بلا سكر أو تمر

أراك عسل وشهد

وأراك نحل يقرص بالوجد

أراك سيل جارف وبحر بجزر ومد

أراك سيف يقطع وله من الجهتين حد

حد البعد وحد للقاء

حد الشوق والعشق وحد الهجر والعناء

تجرح بِكِلَى الحدين يا **حب**

الخوف..

يا **حب** هناك نار مشتعلة في صدري

من الخوف والقلق

وأخاف أن أنثر رماد روحي

من دون أن أدري من فرط زعل

أو غضب يغلب روحي ويحرقها

أخاف أن أدمي قلبي دون أن أدري

وكل هذا طبعا ليس بيدي

بل قد يفعل الزمان كل هذا

الزمان لا أمان له

والساعة مصرة على المشي

إنها لا تتوقف أبدا

لو استطعت أن أوقفها

لأوقفتها في حلم جمعنا

أو فكرة مرّت بخيالي وكنت أنت الفكرة بحد ذاتها

الساعة تغيظني يا حبيب روحي

يا حب

حبيب هذا القلب أتمنى لو أنك تغيظ الزمان

أنت أيضا وتهزمه

كما حاولت رفيقته الساعة إغاظتي

فالزمان رجل وأنت سيد الرجال

والساعة قوة وأنا فتاة وحيدة

دمت يا حب موجودا

دمت يا حب موجودا

في حلمي وخيالي

وأجمل واقع وحقيقة

يا حب يا دقات القلب لك وعدي

لك وعدي بأن قلبي سوف يدق دائما لك

صباح العشق

من قليبي الذي يدق بعشقك يا **حب**

من فجر نفخ الروح وحتى الغسق الأخير

حبيبي

حروفي تأتيك وتبلغك سلامي ومدى اشتياقي

أَشْتَاقُك كل لحظة وكل حين

لا أعلم يا **حب** كيف كنت أعيش

قبل أن أرسل لك هذه الرسائل

نعم لقد كنت أكتب لك على الأوراق

علّها تخفف من ألمي

وتُنفّس عن شوقي

ولكن لم تكن تروي عطشي وظمئي

أما اليوم

فصدّقني يا حبيب هذا القلب

أن هذه الرسائل هي الأخرى تزوّد عشقي لك

غريبة هي الحروف

بدل أن تخفف

تزيد من ولع الوله

الصدر يا **حب** لم يعد يحتمل البعد في المسافة

والبعد في الحب

قلبي يخبرني عنك أخبارا أتمنى أن أصدّقها ولكن ..

إنها الدنيا تقول بأن الزمن أقوى مني ومن قلبي

قلبي يا **حب** ليس قويا إلا بك

قوي هذا القلب بك وبحبك فيه

يا **حب** رسائلي تولع النار في قلبي

كما هي مولعة في روحي بعيدا عنك

وأحيانا تغلبني دموعي وأنا أكتب لك

من يظن أن الدموع تخفف بالبكاء مخطئ

فدموعي دوما ساخنة وتجرح

دموعي تقهرني ولا تخفف عني

إنها دموع شوق وعشق

يا **حب** أصبحت لا أنام كثيرا ولا أعلم لماذا؟

أحيانا أشتاق أن أنام

فقط من أجل أن أراك في حلم جميل

لأنْعَمَ برفقتك يا حبيب هذا القلب

يا **حب** يا قلبي

يا **حب** أنا أحكي لضفائري عنك

وللّحاف

والسرير

أكلم ملابسي عنك

وخزانتي وثوب الحرير

يا **حب** أكلم نفسي عنك

وأخاف أن يصدر مِنِّي في حقّك تقصير

يا **حب** قلبي صغير

وحبي بحبك يصبح كل يوم أكثر فأكثر كبير

يا **حب** أراقصك في أحلامي

وأخاف أن تدق ساعة الليل كتحذير

يا **حب** لقد بعثرتني على العشب الأخضر

ومنك أدمنت التخدير

يا **حب** نار العشق مشتعلة

والشوق أرهقته الحيرة و التفكير

يا حب

نجمات السماء تتلألأ في صدري

وعلى سهول فؤادي يغني الأمل نذير

يا **حب** على شرفة عينيا سحب وجو مطير

يا حب

مدَّ ذراعك لتلفني وبأنفاسك يطيب لي التعطير

يا **حب** سرّح شعري الطويل بأناملك

لأحسن لك في الحب التعبير

يا **حب** دعني أشرب من هواك

لأسكر فيك أكثر بكثير

يا عصفوري

صباح الحب يا حب..

يا حب يا عصفوري ..

أيها البلبل الشادي ..

يا حب أما أزهر الربيع في قلبك بعد؟

أما آن الأوان لتقف على نافذتي وتوقظني من سباتي

أغمض عيوني

وأنت في داخلها

وأصحو لأكتحل برؤيتك

ولكن حين أصحو جيدا

أمعن النظر في غرفتي فلا أجدك

وهذا يحزن قلبي يا حبيب هذا القلب..

أجدك روحا تضمني

وحلما يحتضنني

وأفتقدك يا حبيبي

ودموعي كل ليلة على مخدتي

يا حب قلبي يثق بك

قلبي يرهقني

ويملؤني حبا بكلامه الجميل عنك في كل دقة ونبضة

وأحلامي أصبحت غزيرة عنك

أنت تحيطني حلما وخيال

أحب كل أحلامي معك

وأحب الواقع الحزين أيضا

وذلك فقط لأنك موجود فيه

وجودك يجعلني أحب حتى الصعاب

يا حب

يا روح الصبح ولحن الزمان

يا حب

يا عصفوري المغرد يا نسيم الريحان

طريق الحب

يا **حب** طريق الحب وعرة دائما

وأنا أفقه الصعاب التي مرت على العاشقين قبلنا

وهذا ما يجعلني أتمسك بك أكثر فأكثر

فلن يكون عشقهم أقوى من عشقي لك

صبر العشاق

الصبر مشوار صعب

الصبر في قلبي مفتاح عشق

الصبر يا **حب** لا يمل مني

فحبك فرض وسنة

حبك تهجد وقيام ليل

حبك صلاة ودعاء

حبك عيون مرفوعة بالمناجاة إلى السماء

وروح ترغبك يا **حب** الجنة

حبك صوم عن الحياة

وشوق للموت فيك

حبك عبادة وتعبد

لقد اغتلتني يا **حب**

مع سبق الإصرار والترصد

كصقر جارح

وأسد هاجم

كزمن في الحب عادل

والهجر ظالم

فراشات الحب

يا **حب** فراشات الحب من قلبي تطير باتجاهك يا نور

ولو احترقت بشعاعك

فأنت يا **حب** نور ونار

وأنت نعيم الجنة وماء الخلود

وبالرغم من نار الهجر

ونار العشق

ونار الشوق

إلا أن فراشاتي تتجه إلى نورك

تتجه إليك يا نوري ونور فراشات الحب في قلبي بحب

وشوق

وترفرف بأجنحتها زاهية الألوان

يا **حب** أنت ألوان حياتي

أنا أنتظر أن تلون حياتي بألوانك يا قوس قزح

يا **حب** يا طيفي ومطري وسحبي

يا ألوان الأرض وبديع خلقها وتصويرها

يا **حب**

يا عصفور الجنة بألوانه الباهية في كل جناح وريشة

نار الشوق

يا حب

الشوق يشعل النار كل مساء

نار تتقد في الخلايا

وتغلي الدماء التي تلهب الشرايين

نار حطبها أحلام وخيالات

وأفكار تخضع لقوة نار العشق

فتلقي بنفسها خاضعة في تلك النار

تزودها وتزود لهيبها

يا **حب** لماذا أعلنت لك الاستسلام؟

مرات ومرات

أستسلم لك في الحب باستمرار

هل هي قوتك كرجل؟

أم جبروت حبك وسلطة عشقك عليا؟

في حبك تحديت الزمن والناس

تحديت الصبر والظنون

ظننتني قوية لأجلك

ولكن

اكتشفت

أنني قوية فقط في النضال من أجل حبك

ومن أجلك

نعم

يجب أن أبقى قوية من أجل هذا الحب

ومن أجل هذا القلب يا حبيب هذا القلب

ولكني اكتشفت أنني ضعيفة

ضعيفة يا **حب** أنا حين تحضر

حين تحضر ولو في فكري وخيالي

قوي أنت مسيطر في كل أحلامي

تتحكم بي وبانفعالاتي

توجهني كسفينة

وتتحكم بي

ولو بيد واحدة

كأنني عجلة قيادة السفينة

يا **حب**

هل تعلم بأن الربان في السفينة يكون واحد؟

والقمر للأرض واحد

والمطر خلق متميز وهو مخلوق لا مثيل له واحد

والدهر بقوته واحد

والزمان يجور ويرحم وهو واحد

والقلب في جسم الإنسان واحد

وفي جسدي يا **حب** قلب واحد هو لك

وفي قلبي حب واحد وهو أنت

في قلبي نبض واحد وهو لك

يا **حب** أنت الربان والقمر

والمطر والدهر

والزمان والقلب

من أنا بدونك يا حبيب هذا القلب؟

أنا محض خيال

وفي وجودك أصبح واقعا

أنا شرار تلك النار

وفي وجودك أصبح تلك النار ولهيبها

أنا رائحة المطر

نستنشقها

فنحتفظ بها في داخلنا

فأرجوك

اجتفظ بي في داخلك يا يا حب..

صباح عشق مشتاق

صباح عشق مشتاق

صباح جميل يا حب الحبيب

يا حب ليلة البارحة كانت صعبة جدا

العقل كان يتقلب على فراش التفكير

وأنا كنت كذلك العقل الحائر

أتقلب على فراش الشوق التائق لك

يا حب ليتني أعرف كيف حالك

ما سألتك كيف أنت

لأنك لا تجيب على أسئلتي

ولكن يجب أن تعلم أنني لحالك أهتم

ولأخبارك أتحرق شوقا أيضا

كيف تحس وكيف تشعر

متى تكون سعيدا ومتى تتضايق من شيء

أريد أن أكون وجهتك

وراحتك من ضيق

ومحل سعادتك

ومحل راحتك من كل ما يجعلك حزين

يا **حب** أحكي لك من فرحي وأحيانا من حزني

وأحيانا لا أدري يا حبيبي لماذا لك أحكي

كلمات ضاعت مني ليلة البارحة

فقد التهمني شوق لك

وحزن يجعل الشوق والألم لا ينتهيان

يا **حب** هل تتلذذ بتعذيبي؟

أم أنك بحالي لا تبالي؟

في كلا الحالتين يا **حب**

يا حبيب هذا القلب

أنا طريحة فراشك

صريعتك

وأنت من أرديتني أرضا

في لهيب الوجد والجوى أتخبط

ونار الهوى لازالت مشتعلة فيا

مشتعلة في كل أنحائي

مشتعلة في أفكاري وفراشي

مشتعلة في كل أرجاء الغرفة

يا **حب** لقد احتللت غرفتي

كما احتللت واقعي وخيالي

وأفكاري

أصبحت أنت من يكتب مشاهدها

ويرسم أحداثها

يا **حب** أحيانا أعتقد أنني لن أنجو

لن أنجو منك

لن أنجو من حبك وعشقك

لن أنجو من ولع الشوق

لن أنجو من نار غرام أضرمتها بي

لن أنجو من لهفة تواقة

لن أنجو من تنهدات مشتاقة

يا **حب** أنا حقا أحبك فلأمت فيك

أنا أموت فيك

يا **حب** لا أريد أن أنجو منك

يا حب يا حبيبي

يا **حب** وعزة جلال الله أنني لم أعد أستطيع التحمل

يا **حب** أختار الموت فيك عن الحياة بدونك

يا **حب** أنا لا أتحمل البعد

ولكن هل تعتقد أنني سوف أتحمل اللقاء؟

لا أعلم حقا

يا **حب** أريد أن أموت في الغرام باسمك يا **حب**

أنا ميتة في الهوى

إنه هواك يا **حب**

أصبحت الحياة بدونك قبرا موحشا

أنا غارقة في بحرك

ولا أتنفس إلا هواك وفيك ومنك وإليك

أم أنها نار دافئة محرقة

مشتعلة ملتهبة تلتهمني

ثم تعيدني أنت إلى الحياة

ثم تعود النار تشتعل فتلتهمني

وتعيدني أنت مرة أخرى

وأحترق أنا مرة بعد مرة

يا **حب** حبيبتك أنا فارأف بي وبحالي

ارأف بقلبي وروحي وجسدي

ارأف بي

وقد أهديتك جزئي

وبعضي

وأغلبي

ولكنك مصر على أخذي كلي

يا حب أهديتك قلبا وروحا ونبضا

ولم يبق لي مني إلا القليل

فلم تشعل النار فيما تبقى مني؟

لما تشعل النار في جسدي؟

يا حب أنا أنزف

أنا أنزف على سفوح روحي

يا حب أنا أتساءل:

هل أنا مرغمة على حبك أم راغبة فيه؟

أظن أنني في الحالتين

مرغمة على حبك والعشق من يرغمني

وراغبة في حبك والشوق يرغبني

زلزال أنت

يا حب زلزال أحس به

كلما مررت بأفكاري هذه الأيام

أقسم يا **حب** أنني أكاد أتيقن بأنه زلزال حقيقي

في كل الغرفة وأحاسيسي

ما الفرق بين اليوم والأمس؟

ما الذي تغير حتى أصبحت تأتي كالزلزال

وتهز الأرض وتزلزل كياني؟

يا **حب** روحي ملتصقة بروحك

ولا يمكنني فصلها

روحي ملتصقة بروحك

كما يلتصق الفستان بالجسد حين يهطل المطر

في فصل الصيف الحار

يا **حب** أنا أفتقدك

وأشتاقك بشدة

وأخافك بغموض

نعم أخافك

فأنت رجل

وأنا فتاة ضعيفة لا تفقه كوكب الرجال

يا **حب** هل أنت قوي أم أن قوتك هي لحمايتي؟

هل أنت مخيف أم أنك تخيف من يقترب مني؟

يا **حب** نعم أنا أخافك ولازلت خائفة منك

أخاف وجودك مثلما أخاف بُعدك

لا أعلم كيف أشرح لك

مصابة بك أنا

يا حب

لماذا أصْبَحَتْ تأتيني هذه المشاعر الغريبة بشكل انسيابي؟

لما أنغمس فيها بكل روحي وجسدي بشكل انسيابي؟

لما لا أستطيع أن أتحكم في نفسي؟

فأنا أضيع فيك ليلة بعد ليلة

وأتوه في متاهات حبك أكثر فأكثر

أهيم شوقا إليك

والتوق إليك يحرق أغطية السرير

هذه الأيام تختلف عما مضى

كلما حل الليل لا أعلم ما الغريب

نعم إنه جو غريب

وحالة غريبة تصيبني

براكين في داخلي

وحمم بركانية تتدفق عبر عروقي

ومطر هجرك يجلدني

مطر الهجر الغزير يجلد جسدي دونما رحمة

وأنا أتدفق على ربوع السرير

إنه سرير قد كَرِهَهُ جسدي

ولم يعد يحب أن يأوي إليه

لم أعد أشعر بالدفء فيه

ولا بالأمان

أحيانا يكوي ببرد ثلج الهجر

وأحيانا أخرى يكوي بنار العشق

حرارتي ترتفع وتنخفض

ولم أعد أعرف بما أنا مصابة

هل أنا مصابة بك أنت يا **حب**؟

ولكن إن كنت مصابة بك فما هو الدواء؟

أظنه أيضا أنت

إذا أنت هو مرضي وشفائي

دائي ودوائي

إني عليلة هل لي بالدواء يا **حب**؟

يا **حب** أصبحت أخاف الليل

أخاف الليل بدونك

أخاف أن يقضي عليا أو يفعل شيئا ما بي

هذه المشاعر الجديدة أقوى مني

إنها مشاعر مفترسة

متوحشة

يا **حب** هل سمعت صرخاتي؟

هل تسمع صرخاتي

إنها صرخات مخنوقة في ذلك الليل الظالم والجائر

صرخات وأنين

في ذلك الليل المظلم

صرخات تلهب الفؤاد ولا تريح الجسد

والقلب يتساءل

والروح تتساءل

والجسد يتساءل

يا **حب** أين أنت؟

قلبي عصفور

يا حب

قلبي أصبح كعصفور

يريد الطيران من قفصي الصدري

هارب إليك

وروحي كحمامة بيضاء

أدمتها المسافة

والبعد

والشوق تريد الطيران إليك

ولم يبق إلا جسدي

الذي لا يرى كيف يمكنه الهرب مني إليك

وأنا لم يبق مني شيء بدونك

فأصبحت كلي منك وإليك

هل خلقت منك أو خلقت لك؟

ولما تعلقت بك؟

خذني وامْتَلِكْنِي ..

مبروك عليك الانتصار في معركة الغرام

ها قد هزمتني لمرة جديدة

وقد امتلكتني كلي

أبارك لك النصر

وأَبَارِكُ لك غنائم حربك عليا

رسالتي ذلك المساء عبر السماء

يا حب

أحيانا أحاول أن أكلم السماء

وأرسل لك رسائل غير مكتوبة

مُتَمَنِّيَةً أن ترفع عينيك إلى السماء

في ذلك المساء

لتحس بشيء ما

من رسالتي

كلمة أو إحساس

أو قبلة حنونة

السماء لا تأخذ رسائل العاشقين

بل توصلها

بنجمات الشوق التي تتغذى على مشاعر الوله

هل وصلتك قبلة البارحة مع نجمة رسول؟

إذا لم تكن قد استقبلت النجمة

ربما كنت نائما يا حبيبي

فوضعت النجمة رسالتي على خدك وأنت نائم

أنا شمسك يا شمسي

يا حب

أرتعد من البرد ولا أرتدي ما يقيني

أريد أن أنتقم من هذا الجسد العاق..

كيف هو جسدي ويعصاني؟

لم يعد كما كان .. لما ترتفع حرارتك بلا سبب؟

لما تتقلب ليلا كثيرا؟

لما أنت غير متوازن؟

ترتجف كحمامة مذبوحة

وتتخبط في دماء فائرة وساخنة

لما ترتجف ودرجة الحرارة اليوم 24 درجة

ألا ترى الشمس؟

أم أنك شمسك في المشرق

أعرف أن شمسك تقيم في الشرق الجميل

ما بك أيها الجسد

لا تتعجل المطر

فغدا سوف يهطل المطر من جديد

ولن تعرف أن هي أرض شمسك؟

إنها شمسك التي تتحرك من مكان إلى آخر

ولكنها لا تزورك

يوما بعد يوم

وأنت مع كل فجر تنظر باتجاه المشرق

تنتظر شمسك

فلا تراها إلا من بعيد ..

ما بك أيتها الشمس

ألا تحنين على جسد يسهر للقائك كل ليلة ولكن ...؟

الليالي الماضيات

يا حب

الليالي التي مضت

والتي سبقت رسائلي إليك

كان الليل طويل وبارد

أما الآن

فقد أصبحت الليالي دافئة لدرجة الإحراق

هل هذه النيران هي وَهَجُكَ أنت؟

وَهَجُكَ الذي يحولني إلى شعلة مضيئة

أم أنها نار احتراق جسدي بالشوق والوجد

صعبة هي النار

ومرنة في خطواتها السريعة

تخترق الجلد

لتعبر إلى شراييني وتغلي الدماء فيها

تندلع من حيث لا أدري

وتشبُّ في قلبي وبَدَنِي

أحس بالنار في شعري

وراء أذني

وبين أصابعي وفي يدي

تحاول روحي إطفائها بالدموع

ولكن الدمعات الخائنات

تتدحرجن على خدي

كحمم بركانية تجرحني

وتتساقط على صدري فتخترقه

لتعبر إلى قلبي وتستقر داخله من جديد

أحاول أن أطردها ثم أضمها وأدفنها فيه

يا **حب** أحس كأنني طفلة تائهة وسط الطريق

إنها طفلتك أنت

وتائهة منك وفيك

تائهة منك لأنني لا أعرف من أين أصل إليك؟

الشارع واسع

والبرد قارس

وارى الضباب من جهة

والثلوج من جهة أخرى

ونار وبركان من جهة

وسيل جارف من جهة أخرى

لا أعرف أي طريق اسلك إليك

عرفت طريقك مرّة

وعندما تهت لم أعد أعرف الطريق من جديد

" يا حب لو افتقدتني لبحثت عني أنت ؟"

وتائهة فيك

عاشقة مشتاقة

متولعة بحبال الهوى

ولهانة بهذيان

أحبك منذ بداية الخليقة

وسوف أحبك إلى يوم القيامة

وبعدها بكثير

سوف أحبك في جنات الفردوس والنعيم

يوم كانت تكتب الكتب والمكاتيب

كتبت على اسمك يا.. يا حب

وكتب قلبي باسمك

وكتبت روحي لك ومتعلقة بروحك وبك

لقد كُتبت لك قبل أن تُرفع الأقلام

لذا أنا أؤمن بهذا الحب

ولا يهمني شيء سواه

كل شيء هباء منثور أمام قلبك الذي تملكه أنت

قلبك الذي في صدري وحبي لك فيه

كل شيء هباء منثور أمامك يا **حب**

يا حبيب هذا القلب

كل ملذات الدنيا ومتاعها ومغرياتها لا تفتنني

أمام حبي لك

ما هي إلا مُسْكِرات تزول مع الوقت

أما حبك فهو في قلبي محفور منقوش

وعلى صفحات روحي وفؤادي جنان مفروش

إنه حب مكنون دفين في جسدي جليٌّ في رسائلي

حبك في قلبي مكنون يا حب

يا حب الغرام

يا **حب** يا غرامي

أنت تهيمن على كل كياني

تعصف بي بالهجر

وتنبت العشب الأخضر

وتأتي بالربيع وأزهاره بابتسامة

حبنا ..

نعم حبي لك تحيط به هالات من ضباب

فلا أعرف طريقي وأصبح في ضياع

ولكن حتى في الضباب

يمكن رؤية وهج نار العشق والشوق بوضوح

حتى من بعيد

ونحس بها ولو كان الضباب شديدا

ولكن الفصول تتغير

ولن يبقى الضباب هنا دائما

على عكس النار

التي تنبعث من داخلي كبركان هائج

وتشتعل في جسدي مرة بعد مرّة

فما دامت شعلة حبي لك في صميم قلبي

وجسدي حطب تلك النار

لن تنطفئ نار العشق لك أبدا..

فأنا شمعة وله

تضيء ليل عشقك

وشوقي لك

باشتعالها لك في دجى ليل الهجر

أنا جمرة عشق

تحترق

وتضيء من تحت رماد البعد والمسافة والهجر

أنا شعلة صبابة

منصهرة ومحترقة

وتحرق حتى نفسها

قرار أم قدر

يا حب

حبيبي

هل أنا هي من جئتك ..

وارتميت في حضنك الدافئ القاسي؟

أم أنه القدر من ألقى بي في عمق عشقك ..

كبئر لا قرار لها؟

ولا مفر لي

ولا يوجد سبيل للصعود من تلك البئر

عذبة المياه الجوفية

في الحالتين

أظن أنني مسلوبة الإرادة

في حبي لك

وعشقي الملتهب

كتابة رسائل الحب

يا حب ..

إن كتابة الرسائل ليست تصرفا عاديا

إن كتابة الرسائل

تعني لي الكثير

فهي تستحضر كل مشاعري

إنها طقس حب رائع

كتابة الرسائل حالة رومانسية

حالة تجعلني أسبح في عوالم مختلفة

وبحارا عميقة

وغامضة

وأحيانا شفافة وبراقة

عوالم خيالية

وأحيانا أغوص في أعماقي أنا

وأرى ما يحسه قلبي

وكل ما يدور على أرضه

وفي أوردته

وبحار الغرام التي خلقت لشخص واحد

شخص واحد أنت تعرفه جيدا

إنه أنت

ولكن الرسائل

أكثر خصوصية وقربا إلى قلبي

لأنها تمتلك عنوانا

وترسل إليك مباشرة

يا حب

أيها العزيز

لم تكن الكتابة لك سهلة يوما

ولا أن أرسل لك كان بالأمر الهين

ولا الكتابة عنك هي أمر بسيط

فالكتابة تعني تدفق المشاعر من القلب عبر الشرايين

والأوردة تعيد ضخ الحب مرة بعد مرة

وتتدفق هذه الأحاسيس كأنهار عبر العيون

على ضوء شمعة في ليلة شتاء باردة

وعلى ضوء القمر في ليالي الصيف

والعمر أوراقه تتساقط كأوراق الخريف

التي تحمل الرسائل إليك

والربيع لم نره إلا للحظات في قلبي

كان يزهر بحلم أو فكرة خيالية عنك

بداية ونهاية

لكل شيء بداية ولكل شيء نهاية

قصتنا أنا من كتبت بدايتها

ولا أتمنى أن أكتب نهايتها

لأنني مهما كتبت لها من نهاية

لن أستطيع جعلها حقيقة

فأنا مجرد فتاة بسيطة

وضعيفة

ولا أملك من هذه الدنيا إلا قلبا

أهديتك إياه

وجسدا أعيش به

وروحا هي أمانة عندي إلى أن ترجع إلى بارئها

وحروفا أرسلتها إليك يوما بعد يوم

عصفورتك أنا

ليتني عصفور يحلق بأجنحة الشوق

ليقف بحب على نافذتك

يراك وان لم تكن تراه

أراك في مرآتي

والناس يرونك في عيوني

وقلبي يسألني: هل أنت تراني؟

هل تراني بقلبك كما يخبرني شعوري وإحساسي؟

فأجيب قلبي:

لا تقلق فهو نبضك

حبيبي اليوم وكل يوم

حبيبي

نعم حبيبي

حبيبي بالأمس،

حبيبي اليوم،

حبيبي غدا،

وحبيبي في كل يوم تشرق شمس الحب فيه ،

حبيبي في كل يوم أستيقظ

وأستنشق حبك مع نسمات الفجر

حبيبي في كل يوم ينبض قلبي لك فيه

حبيبي في كل سهر تملأ عيوني وكياني فيه

حبيبي في كل ليلة أنام وأنت ملئ الجفون

حبيبي في كل حلم أراك فيه

حبيبي وحتى الغسق الأخير،

إلى أن يحل الختام

وأنام

وأنت تملأ قلبي وعيوني يا **حب**

يا حب

هل تعلم ما هو تاريخ اليوم؟

اليوم بالذات

يصادف أول يوم أرسلت إليك أول حمامة لك حمامة

حمامة سافرت إليك لتخبرك الكثير

ولم تعد حمامتي

ولم تأتني منك أية حمامة

هل تذكر عصفورة الحب الصغيرة؟

ها قد مرت الأيام

ولا اعرف أين هي عصفورتي

نعم إنها هنا في قلبي

ولازالت عصفورتك حزينة

مر وقت طويل ولم تروي ظمأ هذا القلب الحائر

هل تعتقد أنه يملك الشجاعة..

لكي يقاوم في ساحة النزال وينتظرك؟

نعم أنا أعرف

إنه قلب قوي

ويستطيع أن ينتظرك عمرا بأكمله

ولكن أنت لم تطلب منه الانتظار

فهل ينتصر حب من طرف واحد

لا أعلم

العلم عند الله

كل ما أعرفه أنه قلبي أهديه لك

بنبضاته

وحتى آخر دقة فيه

حسنا سيدي

مساء الخير

مساء حزين من قلب حزين

قلب تسكنه عصفورة وفية

عصفورة أنت تعرفها جيدا

حسنا سيدي

كما تريد

فليكن الأمر كما تريده تماما

أنت لم تقل الأمر بكلمات صريحة

ولكنك تعرف جيدا

أن العصفورة التي كانت بالأمس عصفورتك

تجيد قراءة مشاعرك جيدا

تلك العصفورة تقول:

غريب هو المرض يجعلنا نعيد التفكير

فيما حولنا من ظروف

يجعلنا نمعن التفكير في الناس المحيطين بنا

أو الذين يهتمون حقا لأمرنا

يا حب

هل أنت حقا تهتم ولو قليلا لأمري؟

أنا حقا اليوم لا أدري

أصبحت لا اعرف شيئا

أنا بعد أن كنت تائهة فيك أصبحت تائهة منك

ماذا يحدث؟

لماذا أنت تعتزل الكلام؟

ماذا يحدث؟

أنت حر في الإجابة

يمكنك الامتناع عن الكلام

وعن الإفصاح

ولكن لا تلمني إن أصبحت أشبهك أكثر

حتى وإن أصبحت مثلك

أقل كلاما

وأقل وضوحا

وأكثر قسوة وأكثر جفاء

نعم يا من كنت كل قلبي

أنت تخيفني بهذه الطريقة

وأنا أعتذر جدا منك

يا حب

أشتاق لنا

يا حب حبيبي أشتاق إليك

أشتاق لحياتنا معا

أشتاق لنا

ما رأيك لو تأخذني لنتمشى على الشاطئ

ولكن لوحدنا

لا أريد أي شخص على شاطئنا

أنا وأنت

لوحدنا

والبحر

لا مانع من وجود القمر

فلتأخذني إلى هناك

الساعة التاسعة ليلا أو العاشرة

فما أجمل بداية الليل مع البحر والقمر

وأنت يا حبيبي رفيق السهر

يا **حب** أنا أخاف البحر المظلم

كظلام قلوب البشر

وأخاف الليل المتأخر مع البحر المظلم

أعرف جيدا أنني وأنا معك

لا يجب أن أخاف بشرا ولا دهر

هذه كلماتك

هل تذكرها

وكيف لك أن تنساها ..

أنا أمازحك حين أستعير كلامك يا حبيب الروح

أرأيت تلك هي الابتسامة التي كنت أبحث عنها

دامت بسمتك لي

وإشراقتك تنير وجهي يا غرامي يا حب

يا حب الشوق يقتلني

ويعذبني

وكلما ابتعدت عنك للحظات رجعت اليك مسرعة

أخاف أن أموت في بُعدك

أخاف أن أموت من دونك

أنا يا حب أختارك حياة وموتا

لو رأيتك موتا لهرعت إليك بلا خجل ولا تردد

ولو رأيتك حياة لناضلت

وتحديّت كل العوالم لأنعم بالخلود فيك

يا جنّتي وفردوسي..

يا.. يا حب يا عدن

يا حب يا برزخ

أنت وأنا

حبيبي يا **حب** ..

هل تحب البحر مثلي؟

هل تحب البحر شتاء؟

أنا أحب البحر في الشتاء وعندما يكون هادئ؟

لا أحب بحر الصيف

حيث الناس مبعثرون على الشواطئ

كأصداف نبذها البحر

أنا أحب البحر شتاء

هل يمكنك أن تتخيل المطر يهطل على البحر ليلا

في تناغم وانسجام

وبنغمات

كأنها قلب يدق بعيد وقريب منك؟

هل تحب يا **حب** لمعان الثلج وبريقه

تحت أشعة الشمس الهادئة مثلي؟

هل تحب الليالي المثلجة مثلي؟

هل تحب المدفئة والتلحف قربها مثلي؟

هل تحب السماء الواسعة المزينة بالغيوم البيضاء

التي تلاعب الشمس

وتحاول الوقوف بينها وبين الأرض

مثلي؟

هل تحب الأشجار والغابات الكثيفة..

هل تحب الغابات المطيرة مثلي يا **حب**؟

يا **حب** هل تحب بساتين المشمش والزيتون مثلي؟

هل تحب أشجار العنب وهي تغطي السطح؟

لا أقصد الكروم

بل أشجار العنب التي في البيوت

حيث تجعله على شكل مظلة؟

جميلة هي شجرة العنب

كلما صعدت بها عاليا دنت لك بخيرها

فتجدها تكرم من تحتها

بعناقيدها الجنية

يا حب

حبيبي هل تحب الغروب على شاطئ لا ناس فيه؟

هل تحب نسمات الفجر وهدوئه قبل استيقاظ الناس؟

هل تحب الشروق وولادة الشمس كل يوم جديد؟

هل تلاحظ قوتها

وهي تنسل من عباءة الليل

ولا تعير الزمن أي اهتمام

إنها تعرف رسالتها على هذه الأرض

قوية هي الشمس

ودافئة

وتحرق أحيانا

كالشوق تماما

. . . . .

يا **حب هل** تحب السهول الخضراء؟

أنا أحب الشلال

وعيون الماء والأنهار الجارية

أظن أنك تحب البحر

والسباحة

تحب الغطس

نعم الغطس

تحب أنت أعماق البحار

وأنا أيضا أحب عمق البحر

ولكن متى ما نصعد إلى السطح

و نستنشق هواء الأرض

لا نرغب في الغطس ثانية

إلا بعد فترة معينة

وقد يعجبنا العمق

ويغرينا

ولا نستطيع الصعود ثانية

لا .. لا يمكنني الغطس بدونك

أنا لم أعد أثق بالبحر بعد اليوم

فالبحر أيضا يملك قوته الخاصة

قوة كامنة يستعملها متى يشاء

أنت المطر

يا حب ..

هل أنت طيب كالمطر الهادئ

أو قاسي كشديده

لقد كنت أحب الاثنين

أحب المطر الخفيف

وأحب المطر الغزير

ولكن أيهما أنت ؟

أنت يا حب تجعلني أخاف منك

فإن كنت المطر الخفيف

خفت من أن تغادر هذه الأرض سريعا

لتلحق بتلك السحابة التي تمر أرضنا

وإن كنت أنت المطر الغزير

قد لا يرحم كل ما تحت هطوله

قد تجرح وتقسم الأشجار وتبرق وترعد و...

يا **حب** قلبي دوما يخبرني عنك

ويكلمني

ولكن هي الدنيا

ولأنها مؤنثة

تغيظني

وتعذبني

هلا حررتني من الدنيا

وعذابها باللقاء

والحياة فيك لا في الدنيا

طفلي المدلل

يا حب

حبيبي

يا طفلي المدلل واسع العينين ذابل الجفنين

يا بريق البسمة ودفء اللمسة

يا حب يا حضن الدفا

يا حب يا رمشي الساهر

وقلبي الحائر

عجيبة يا قسوة الزمان

يا حجر الصوان يا حيرة الأمان

يا حب يا حب الرمان

لقد اشتقت إليك شوق الأنبياء للجنة

شوق الحجاج للكعبة

شوق المؤمن للفرض والسنة

شوق الداعي للنعمة

شوق الفقير للقمة

شوق الظمآن للقطرة

يا **حب** لقد اشتقت إليك شوق يدي للحنة

شوق الخلخال للرنة

شوق القلب للنبضة

شوق العيون العاشقة للنظرة

يا حب يا صباحي والمساء

أستيقظ صباحا بفرح

لأني عندما افتح عيوني

أراك أمامي

وأنام قريرة العيون

لأنني كلما أغمضت عيوني رايتك

موجودا وبشكل واضح

يا حب رايتك في قطرات المطر الليلة الماضية

وعندما وضعت القهوة في فنجاني

رأيتك فيها

وكذلك في حبات السكر

يحمرّ وجهي خجلا

وتغلبني ابتسامة ترسم على شفاهي

وكلما دخلت غرفتي

وجدتك متجليا في أوراقي

وعلى مكتبي

أجدك حتى على زجاج النافذة

لما برأيك؟

لما يا حبيب الروح؟

أنا لا اعلم

أنت طبيب هذه الحالة

فهل لي بعلاج يشفيني يا دكتوري وطبيبي؟

أخاف أن تتأزم حالتي

ولا يوجد غيرك من يعالجني

هلا تكرمت يا سيدي ونصحتني بالعلاج

فما هو علاجي يا حبيب هذا القلب؟

ياصباحي وإشراقي

يا **حب** حبيبي

أنا أتصبح بك كل يوم

فأنت شمسي

وإشراقي

يا مكتوبي

وقلمي وأوراقي

يا فرحة عيوني

وألم البعد

ونار الجوى التي تريد إحراقي

نسيم الصباح

يا **حب** حبيبي

أنت الهواء الذي أتنفسه

كل فجر

أنت نسمات الصباح

يا **حب** أنت نبضات القلب

يا عسل التفاح

تقفل على قلبي في صدرك

وتملك المفتاح

يا حب غرامي

أنا أتعذب وأعاني

أراك أمامي صبحي ومسائي

ولكن العذاب هذا

يجعلني أحس بأنني موجودة

لا أحد يحب العذاب

ولكن من يدمن شيئا

لا يحاول الاستغناء عنه

حتى يشفى منه تماما

يشفى بعلاج أو موت

نعم

فالميت يشفى من كل عذاب الجسد

ولكن أنت تسكن الروح والجسد بالفرح والألم

فإن أنت غادرتني يوما

إن أنت غادرت خلايا جسدي التي تسكنها خليلة خلية

إن غادرتها بموتي

فإنك لن تغادر روحي أبدا

حب وعشق

يا **حب** أريد أن أدمن الحب والعشق

وليس العذاب وألم الشوق

يا **حب** كتبتك بحروف من دمائي ودموعي

وأنا في ظلام الليالي كشمعة

أحترق

بنيراني

لأضيء حبك في الوجود

حبي لك عشق غير محدود

حب لا يعرف الهزيمة ولا يؤمن بأسباب الصدود

فكيف يجوز الصد؟

وقلبي لك مرصود

يا **حب** حبيبي

يا كأس الخمر

التي أنزل لها من جنة السماء عنقود

يا صاحب الأمر في رحلة عشقي

هل تدري ما هو اسم حالتي؟

إنه الاستسلام

الاستسلام لقلبي والقدر

الاستسلام للمجهول

والرضوخ لحكم القلب الذي أعلى كلمته

كلمة قلبي فاقت كل حاجز وصمت

كلمة حق

في حق العشق أعلاها قلبي بكل قوة نبضه

قلبي أيها القلب القوي بعشقك لحبيبك

هنيئا لك بحبيب يسكنك وترنم اسمه مع كل

أيها القلب أدعو لك الله أن يعينك على الزمان

أيها القلب الذي يحتضن اسما وصورة بداخله

أيها القلب الذي يدرك الروح

أدعو لك الله

أن تستمر في عشقك حتى النبضة الأخيرة

حتى نبضة الوداع

أدعو لك الله

أن يبارك لك عشقك

وحبك

وخيالك

وواقعك

أيها القلب أنت مبارك من السماء بحبك يا حب

دمت أيها القلب محبا وعاشقا

ما دمت في الوجود

والحياة

أفكاري والأحلام

يا **حب** حبيبي أنا أحيانا أغوص في التفكير

عميقا

وأسرح بخيالي وأحلم

يا **حب** يا مركز تفكير وعميق أحلامي

هل تعلم بما أفكر أحيانا أو بما أحلم؟

يا **حب** قبل قليل كنت أتخيل لو أننا التقينا

أحلم بالجلوس قربك كقطة وديعة

أحلم بالنظر في بحور عينيك

دون خجل

أحلم بأن أضع رأسي على كتفك وأحتضن ذراعك

أحلم بأن نجلس على شاطئ

حيث النجوم تتلألأ على صفحة مياه البحر

نتأمل السماء والنجوم

تلك السماء التي كنا ننظر إليها من مكانين مختلفين

واليوم نحن معا

يا **حب** حبيبي أحلامي بك كثيرة

نتمشى على الشاطئ مساء وفجرا

نمشي معا على رمال الصحراء الساخنة

ولكنها ليست بقدر دفء الحب في قلوبنا

نجلس في واحة بين الأشجار وقرب نبع الماء

معا في كل الفصول

نذيب الثلج في الشتاء بحضن وقبلة

ونكتب بأوراق الخريف أسطورة عشقنا

يا **حب** حبيبي أكتبك على كل الأراضي

والبحار

والقارات

أحبك في كل زمان ومكان

أحبك كل لحظة

وثانية

وساعة

ويوم

وشهر

وسنوات عمري

وكل حياتي

وألف حياة

لو عدت للحياة

وفي قبري

وفي جنتي

أحبك كل نبضة

وحتى آخر قطرة من دمائي

أريد أن أعرفك أكثر

يا **حب** حبيبي

طفلي ومدللي الصغير

يا **حب** هل تحب الربيع والورود؟

يا **حب** أريد أن أغوص في ذاتك

أريد أن أعرف أكثر فأكثر

أريد أن أعرف ما تحب وبما تحلم

أريد أن أجلس معك وأسمعك

وأسمعك

وأسمعك

أريدك أن تتكلم وتنفتح وتفضفض بكل ما في داخلك

أريد أن أتشرب صوتك وكلامك

يا حب

حبيبي

هل تحب الورد والأزهار مثلي؟

أنا أحب الورود كثيرا

ولدرجة كبيرة

أحب عبيرها وملمسها وألوانها

أحب بتلات الورد على الأرض وعلى مخدتي

نعم أحيانا أنا أفعل ذلك

أضع الورود في غرفتي

وبتلاتها في كل مكان

وأحب أزهار الأشجار

التي تتساقط بتلاتها على الأرض

كأنها مطر من زهر

وورد

أحب المشي تحت هذه الأشجار

والرقص تحتها

عندما تهب نسمات الهواء

التي تجعل البتلات تتساقط على شعري وفستاني

وأدور

وأدور

يا حب

حبيبي

أحب أيضا أن أجمع الأزهار

وأصنع منها تاجا

وأتزين به طول اليوم

إنه تاج معطر

وعبيره قوي

ولطيف في نفس الوقت

يا حب

حبيبي

يعجبني أن تزينني بالورد

يداك كالورد على شعري

وأنفاسك كعبيرها حولي

أحبك

بقوة وشدة وعمق

أحبك يا حب

أيها الشاب القوي والجميل

يا حب ليتك تقطع المسافة بيننا جريا وهرولة

حبيبي

المسافة لا ترهقني

أستطيع هرولتها إليك

حتى تدمى رجلاي ولن أتوقف

فجمر الطريق

لن يكون أقوى من جمرة الحب في قلبي

فالروح هي التي تسعى إليك

والجسد سفير الحب

أو يمكنك

يا حبيبي

أن تسبح وتنقذني

فأنا غارقة في الحب

ولا منقذا لي سواك

لا أريد منقذا غيرك

حبيبي

البحر عميق

ومخيف بدونك

ولا حدود له

وأنا لا أجيد السباحة

لذا لا أستطيع الوصول إليك

لكن يمكنني أن أجازف بالمحاولة

وإن غرقت

فأنا غارقة فيك وسأموت حبا

وجهك حبيبي

يا حب حبيبي

أرسم وجهك الجميل على أوراقي

وأخبؤها من الناس

ليس خوفا منهم بل قلق

حبيبي أحيانا تخالجني مشاعر قوية جدا

وكأنني سوف أخرج من جلدي

وأنفصل عني

لا أعرف كيف أصف لك هذه الحالة

وكأن جلدي يحبسني

وأنا سأتحرر منه

حقيقة لا أعرف كيف أوصل لك الصورة

حبيبي أشتاقك كثيرا

ولا يروي عطشي الهاتف

ولا تقليب الأوراق

ولا قلم الرصاص ينفعني

ولا أي شي

حبيبي يا حب

أتأمل أحيانا جدران غرفتي

وأتمنى لو أمتلك جدارا من غرفتي ل

أرسم وجهك عليه بالكامل

فيصبح أنت على كل الجدار

لأتأملك

وأتكئ عليك

وأنام في حضنك دونما خوف

لتحتويني

بدل غرفتي التي أصبحت باردة الجدران

جدرانها النظيفة

أصبحت لا تعجبني

أريد أن ألطخ جدرانها

بالألوان

بجنون

لتصبح أنت بالألوان كل الغرفة

يا حب

حبيبي

أحبك

كوخ الثلج

يا حب طفلي الصغير ورجلي القوي

الشهم الشجاع

حمايتي وأماني

روحي وقلبي

يا حب

حلمي لهذه الليلة كوخ حبنا

أنت وأنا والقمر

إنها لحظة مثالية

يمكننا أن ننعم بها في أعلى جبل

والثلج يملأ المكان

ولا أحد بالجوار

نار المدفئة

ولكن نار عشقي أدفأ منها

حرارة تملأ البيت عكس الجو خارجا

حبيبي أريد أن نسهر خارجا

رغم جنون الفكرة مع برد الجو

ولكن أنت تعرف

مدى حبي لمظهر الثلوج على الأسطح والأشجار

وعلى الأرض

ببياضه الناصع

النقي والصافي

رغم الهواء البارد الذي يلمس وجهي

ولكن حين أضع رأسي على صدرك

سوف أحس بدفء قلبك

الذي أحسه الآن

فقلبي قد شفي

وعاد للكلام عنك بشكل دافئ وحنون

يا **حب** يا حضن الدفا

يا **حب** الثلج يلسع كما النار تماما

وهذا إحساسي حين تنتابني حالات الشوق

برد ونار

تعتريني في كل جسدي

كثلج ونار

كلاهما يعذبني

ثلج وارتجاف

ونار وجمر وغليان

لا يوجد في السهرة إلا القمر وبناته النجمات

اللواتي يلتفون حوله

وهو يقص لهم قصص العشاق على سطح الأرض

وأنت قمري على الأرض

وأنا طفلتك

وبنوتتك

وصغيرتك

وحبيبتك

حبيبة قلبك فتروي لي حكاية حبنا

وقصة عشقنا

وكيف التقينا

أحب أن أسند رأسي على كتفك

وأنت تروي الحكايات

وأنا أستمع بإمعان

أستمع لصوتك بكل روحي وكياني

وأحيانا أسترق النظر لبحور عينيك

آه.. كم أحبك يا.. يا حب

أنا أتساءل

يا حب . .

أنا أسأل: هل ....؟

وقلبي يسأل: هل .....؟

وأنت تعلم أنني ..

أنا..

أنت تعلم..

أما أنا

فلا أجد جوابي

في أي مكان

ولازلت...

أسأل....؟؟

يا حب

أنا خائفة

خائفة منك

خائفة مني

خائفة من نفسي

خائفة من قلبي

خائفة من الانتظار

خائفة من الزمن

خائفة من رقاص الساعة

فعقارب الساعة لا تتوقف عن الدوران

ربما أنت تحب تلك الساعة على معصمك

ولكن أنا لا أحب ساعات الانتظار

التي كتبت عليا لمدة طويلة

وأنا أنتظر

أنتظر منذ زمن

ليس فقط شهر أو شهران

الانتظار بلا أمل مرهق ومتعب

وأحيانا قاتل

خائفة من المجهول

وخائفة من الصمت

Sommaire